MW01109701

ALFAGUARA

ALFAGUARA INFANTIL

ALFAGUARA

MIS 130 APELLIDOS
D. R. © del texto: Irene Vasco, 2003
D. R. © de las ilustraciones: Patricia Acosta, 2003

D.R. © de esta edición:
Santillana Ediciones Generales, S.A. de C.V., 2010
Av. Universidad 767, Col. del Valle
México, 03100, D.F.

Alfaguara es un sello editorial del **Grupo Santillana**.
Éstas son sus sedes:

Argentina, Bolivia, Chile, Colombia, Costa Rica, Ecuador, El Salvador, España, Estados Unidos, Guatemala, México, Panamá, Paraguay, Perú, Puerto Rico, República Dominicana, Uruguay y Venezuela.

ISBN: 978-607-11-0821-0

Primera edición: noviembre de 2010

Impreso en México

Mis 130 apellidos

Irene Vasco
Ilustraciones de Patricia Acosta

ALFAGUARA

Para Rafael,
que también es Moscovivo

Hay cosas que uno sabe casi desde que nace. Yo sé que me llamo Emilio Moscovici, que tengo siete años, que soy judío y que el país en donde vivo aparece en el mapa en donde dice América del Sur.

Hay otras cosas de las que no estoy tan seguro. No sé qué quiero ser cuando grande, a veces prefiero ser músico y otras veces futbolista. Y de vez en cuando pienso que me gustaría ser cocinero.

Pero entre lo seguro y lo inseguro, hay algo que realmente me confundió tanto en las últimas vacaciones, que ya no sabía ni cómo me llamaba.

Todo comenzó con una carta que tenía muchas estampillas. Llegó un sábado por la mañana. No pregunté de quién era, pero mamá la leyó muchas veces y la tuvo en la cartera durante varios días hasta que se le arrugó toda. Entonces decidió guardarla en el cajón de su mesita de noche. Creo que se la aprendió de memoria de tanto leerla.

Después de la carta comenzaron a llegar telegramas, que

son como cartas muy cortas, que asustaban a papá y a mamá.

—Los telegramas sólo traen malas noticias —decían antes de abrirlos. Pero después de leerlos se alegraban y respiraban aliviados.

Al final ya no llegaban cartas ni telegramas. Eran llamadas por teléfono, de afán, porque las hacían de larga distancia y salían muy caras. Cada vez que papá contestaba, se ponía nervioso y hablaba muy rápido.

Las cartas, los telegramas y las llamadas venían de Israel, que queda en una página del libro de geografía a la que todavía no llegamos. Eran de la familia de

papá invitándonos a una gran reunión que organizaban para los días de Pascua.

—La familia es muy grande, está regada por todo el mundo y ya nadie conoce a los más chiquitos. Además es el aniversario de bodas de los bisabuelos y queremos hacerles la fiesta más bonita que hayan visto.

Cuando mamá contestó la primera llamada dijo que no

podíamos aceptar la invitación, pues costaba mucho dinero.

—Las cosas por aquí no son fáciles —oí que decía—. Los ahorros son para la educación de Emilio —repitió varias veces, agradeciendo la invitación de todas maneras.

Papá no decía nada, pero miraba y remiraba el cuaderno en donde anota todos los gastos, haciendo cuentas con la calculadora.

—Es hora de sacar los pasaportes —me dijo un domingo, mientras desayunábamos—. El martes no vas al colegio, pues hay que comenzar a hacer diligencias.

Yo no sabía qué eran diligencias ni qué significaba sacar el pasaporte, pero me puse contento porque saldría de paseo con papá… en un día de colegio.

Mamá lo miró con cara rara, se levantó, lo abrazó, regó el café y se puso a llorar. Eso no me gustó porque creí que sacar el pasaporte era algo así como ponerse inyecciones y que por eso lloraba.

Pero no. Era todo lo contrario: mamá lloraba de alegría porque papá había decidido que todos iríamos a la fiesta familiar en Israel.

El martes descubrí que sacar los pasaportes era ir a una oficina muy grande, en donde entregaban unas libretas con montones de sellos y nuestras fotos. Y eso fue lo primero de una lista de las tales diligencias, que resultaron ser vueltas muy aburridas que tuvimos que hacer para poder viajar los tres.

Dos semanas después, con otro llanto y más abrazos de mamá, nos fuimos para el aeropuerto y comenzó el viaje al otro lado del mundo. Mamá estaba muy emocionada ya que nunca había ido a Israel y quería presentarme a la familia, pues decía que nadie me conocía.

Mamá hablaba sin parar de los Moscovich y a mí me parecía graciosa la manera como pronunciaba. Me imaginé que así se decía nuestro apellido en hebreo y que en español se decía Moscovici. El caso es que estaba tan distraído mirando las vitrinas de las jugueterías del aeropuerto que no le puse demasiada atención.

Cuando por fin nos metimos al avión, comencé a preguntar que si ya íbamos a llegar. Papá decía que todavía no, que faltaba mucho, y al rato yo volvía a preguntar que si ya íbamos a llegar.

Volamos durante horas y horas, hicimos escalas en varias partes, me cansé, dormí, vi las películas que pasaban en la pan-

talla del avión, comí, me cansé y me aburrí, volví a dormir y a comer... hasta que llegamos a Israel dos días después de haber salido de la casa.

Yo sabía que en Israel se habla en hebreo. Pero nadie me había contado cómo son las letras en ese idioma. No son al revés ni al derecho. Yo no lograba descifrarlas y tampoco podía entender ni una palabra de lo que hablaban los otros viajeros. Aunque sé rezar muchas oraciones en hebreo, todo lo que oía allá me sonaba distinto.

—Emilio Moscovich —dijo un señor mientras le ponía se-

llos a mi pasaporte en el aeropuerto del Tel Aviv.

Yo estaba un poco atontado
por tantas horas de vuelo, tenía
mucho sueño, y no fui capaz de
decirle que mi apellido no era
Moscovich sino Moscovici. Ade-

más, segundos más tarde empe-
zaron tantos abrazos y saludos,
todos en idiomas desconocidos,
que se me olvidó protestar por
lo de la pronunciación.

La prima Malka estaba lle-
gando en otro vuelo desde Estados Unidos. La tía Dina ate-
rrizaba desde el Brasil con Juan
David, Claudia y mis dos primos
chiquitos. También estaba el tío
Mauricio, con su esposa y sus
hijos, Judith, Rita y Celso. Como
ellos vivían en América, me sabía sus nombres porque a veces
llamaban o escribían. Además el
inglés y el portugués me sona-
ban conocidos porque en la tele
hay programas en esos idiomas.

Pero cuando nos saludaron los otros tíos y primos, creí que me iba a volver loco. Las nuevas caras y los nombres en los nuevos idiomas me confundieron del todo. Lo único claro, lo único que entendía, eran los abrazos, los besos… y los regalos, por supuesto.

Lo que no sabía era que los verdaderos enredos todavía no habían comenzado. Al día siguiente fue la primera reunión familiar. Nos encontramos muchas personas en el apartamento de uno de los tíos. Yo era de los más chiquitos.

Cuando terminamos de saludarnos, con más besos, más

abrazos, más regalos, miré con atención a cada uno y traté, como me habían dicho, de ser amable. Todos teníamos un papel pegado en la camisa, con el nombre, el apellido y nuestro país, escritos al revés y al derecho, en letras como las que me sabía y en letras en hebreo, que era como chino para mí.

Yo no era el único que se llamaba Emilio. Un señor, con el pelo parecido al de mi papá, también se llamaba Emilio. Su país era Polonia, y su apellido era Moscovitz.

¡Ése no puede ser primo mío, pues tiene un apellido distinto! —pensé—. Claro que se

parece al mío. ¿Seremos primos lejanos? No, aunque uno sea primo lejano, tiene el apellido igualito. Debe ser que lo escribió mal.

¡Qué tal! Ésa fue apenas la primera señal de alarma. Leí con atención más papeles, con más nombres, más apellidos y más países, y mi confusión comenzó a marearme.

Malka Moskowitz, Estados Unidos. Déborah Moscovichova, República Checa. Alter Moscovitsi, Rumania. Rafael Moskovici, Colombia. Miriam Moskovix, Francia. Daniel Moscovich, Samuel Moscowits, Mauricio Moscovits, Sylvia Moscovith, Clara Moscova…

Tantos Moscovi… casi iguales, pero tan diferentes. Yo no entendía nada. Menos todavía las palabras con las que hablaban. Ruso, hebreo, iddish, portugués, inglés, alemán, italiano, francés… Los que sabían unas palabras en alguno de los idiomas, se comunicaban más con las manos y los gestos de la cara que con frases completas. Los pocos niños estábamos mudos.

Mamá se acercó y trató de animarme. Creo que se dio cuenta de lo asustado que estaba. Ella decía que todos éramos de la misma familia. Pero si esas personas eran mis primos, mis tíos, mis abuelos, ¿por qué yo no los reconocía, por qué hablaban tan diferente, por qué tenían apellidos distintos? ¿Cómo era mi propio apellido? ¿Estaba bien o estaba mal como yo lo escribía? ¿Era Moscovici, Moskovitz, Moscovichova, Moscowits…?

En medio de mi confusión, casi sin darme cuenta, la familia entera se fue reuniendo alrededor de la mesa. Los mayores, los bisabuelos, se sentaron en la punta, en donde estaban las bandejas.

En ese momento me sentí un poco mejor. Vi que la comida no era tan rara como los idiomas y como los apellidos. Había berenjenas, huevo duro, matza,

hígado de pollo, pan de miel y sopa con las bolitas de masa que me gustan tanto. Si no fuera porque habíamos llegado el día anterior, habría creído que era mamá la que había cocinado todas esas delicias. Por un momento me sentí en casa.

Los idiomas se callaron. El abuelo, con el kippá en la cabeza y con voz muy ronca, comenzó la oración.

—*Baruj ata Adonai eloeino…*

Grandes, medianos, pequeños, sabíamos de memoria las palabras y nadie se equivocaba. Sabíamos también cómo seguir los gestos rituales, cómo repar-

tir el matza y el vino, cómo entender las palabras del libro sagrado que leía el abuelo.

En ese momento volví a ser Emilio. Pero ya no era sólo Emilio Moscovici. Ahora sentía que mi apellido era el mismo, no importaba cómo se pronunciara y que si sonaba diferente era porque veníamos de distintos países.

Mientras comíamos alrededor de la mesa, las palabras se hicieron más claras y aunque no las entendiera, sí las entendía. Es decir, podía adivinar que todos estaban contentos y que la comida estaba muy rica. Fue lo mejor del viaje.

Esa noche papá me contó que nuestro apellido tenía un significado bíblico.

—Pero papá —dije yo— una vez en el colegio, cuando hablábamos de los nombres, la profesora explicó que Moscovici quería decir «Hijo de Moscú» y que mis antepasados seguramente habían nacido en Rusia.

—No, Emilio. Tu maestra estaba equivocada. El origen de la familia es mucho más antiguo que Rusia. No sabemos si el primer Moscovici nació en Moscú o en otra parte. Lo que sabemos es que Moscovici significa «Hijo de Moisés», el que salvó a los judíos de la esclavitud de los egipcios.

—Esa historia me la sé —contesté orgulloso—. Moisés fue el que hizo que se abriera el Mar Rojo y después se subió a una montaña y bajó con las Tablas de la Ley, ¿no es cierto?

Papá me acarició, dijo que sí y que después me contaría más historias. Yo quería seguir oyendo pero ya era tarde y los demás querían acostarse.

De uno en uno los niños nos fuimos quedando dormidos, unos en los sofás, otros en el suelo. Por la mañana entre todos servimos el desayuno y ayudamos a lavar y a ordenar el apartamento. Ya nadie se sentía extraño.

El resto de los días pasaron rápido, con más reuniones, paseos a Jerusalén, a Rishon le Zion, a Java y a Belén, en donde dicen que nació el niño Jesús, el que les trae regalos a los niños católicos.

Como los primos del Brasil y yo éramos los más chiquitos, nos pasamos horas jugando futbol, nos hicimos amigos y descubrimos que gol se dice igual en español, en portugués y en otros idiomas. También aprendí a saludar y a despedirme en hebreo diciendo *shalom* y a dar besos y abrazos cuando las palabras no me alcanzaban.

Algunos días después nos volvimos a meter en el avión,

cargados de regalos, fotos y recuerdos que no se me van a ol-
vidar nunca. Me dieron ganas de
llorar al despedirme de mis primos pero me aguanté para no
hacer lo mismo que mamá. Con
una llorona en la familia era más
que suficiente.

El viaje de regreso no me
pareció tan largo porque tenía
demasiadas cosas en qué pen-
sar. Quería poner en orden los
recuerdos, mirar el mapamundi
y el diccionario que me habían
regalado de despedida y ensa-
yar palabras de saludo en otros
idiomas para el próximo en-
cuentro familiar.

¿Cuándo será? ¿En dónde será? Puede ser aquí en mi país, o en Brasil, que no queda tan lejos, o en Israel, o en cualquier parte. Porque ahora siento que ser judío es ser de muchos países. No importa a dónde llegue, siempre encontraré algún primo que quiera estar conmigo.

Lo único que me parece difícil es aprenderme las ciento treinta maneras de escribir mi apellido, según el país de cada primo. Voy a tener que hacer una lista y decirla de memoria todos los días, aunque me demore un año repitiéndola.

Lo que todavía no entiendo es que entre más cosas sé, más preguntas me hago. Ya descubrí que ser judío es tener primos en todas partes, pero ahora quiero saber cómo vive cada uno de ellos en su país. Tendré que averiguarlo. Eso sí, entre mis miles de preguntas, también quiero saber cómo viven los niños de otras partes, los que no son primos

míos y los que ni siquiera son judíos. ¿Ellos también tendrán que escribir sus apellidos de miles de maneras?

Ah, y hablando de tener tantos apellidos, desde hace días quiero preguntar cómo se dice Emilio Moscovici en árabe.

¿Alguno de ustedes lo sabe?

Fin

Irene Vasco

Nació en Bogotá, Colombia. Ha publicado: *Don Salomón y la peluquera* (1989), *Conjuros y Sortilegios* (1990), *Paso a paso* (1996), *Como todos los días* (1997), *Cambio de voz* (1998), *Sin pies ni cabeza* (1998), *Alejandro López a la medida de lo imposible* (1998), *Un mundo del tamaño de Fernando Botero* (2000) y *El dedo de Estefanía y otros cuentos* (2000).